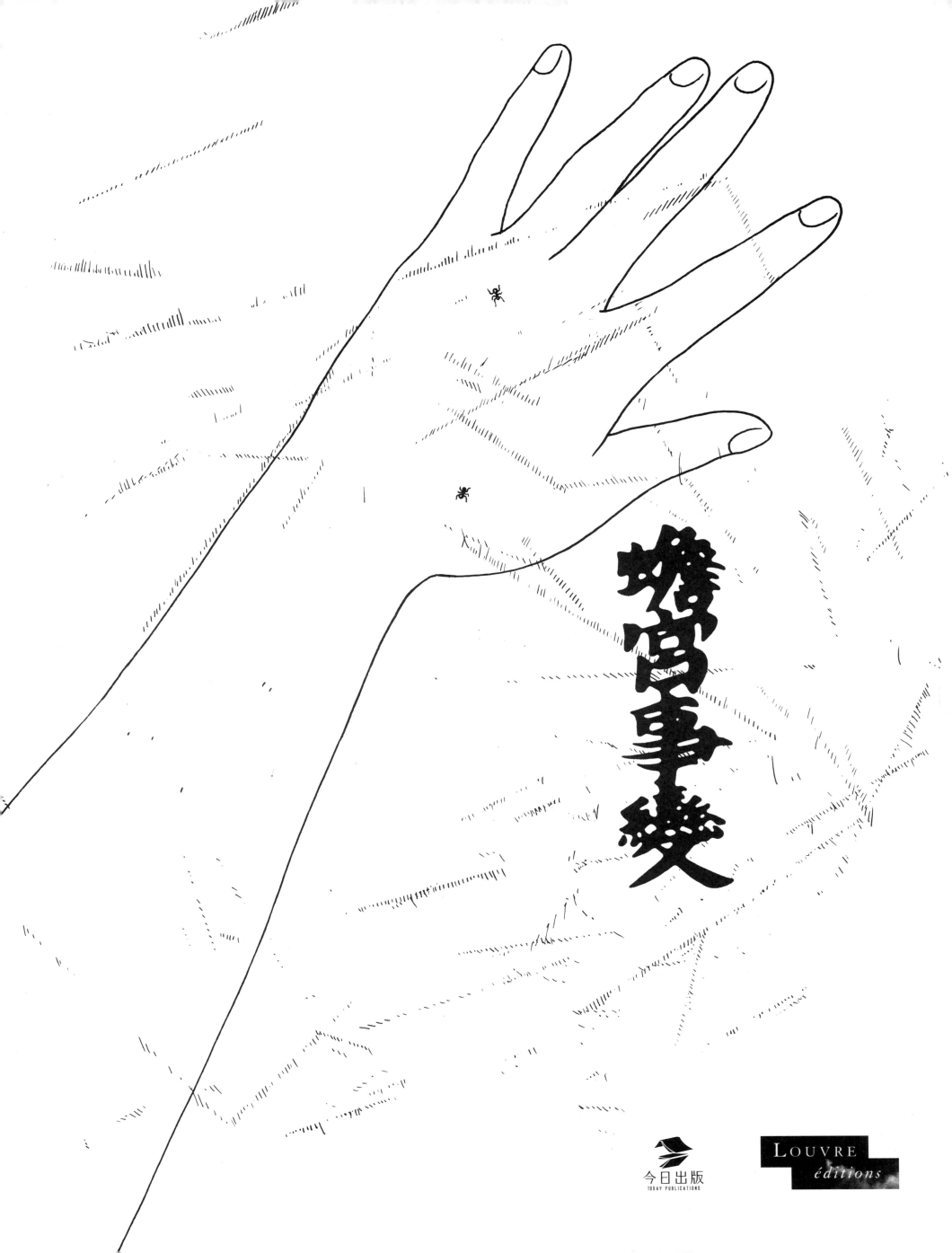

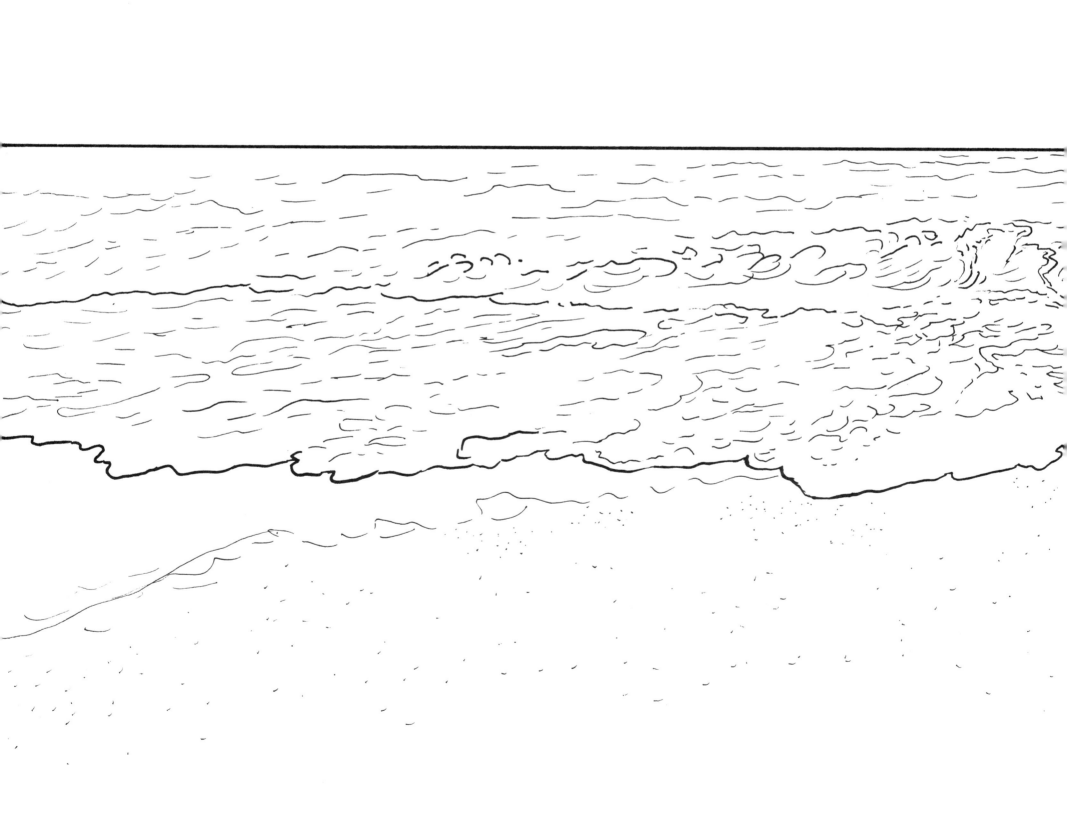

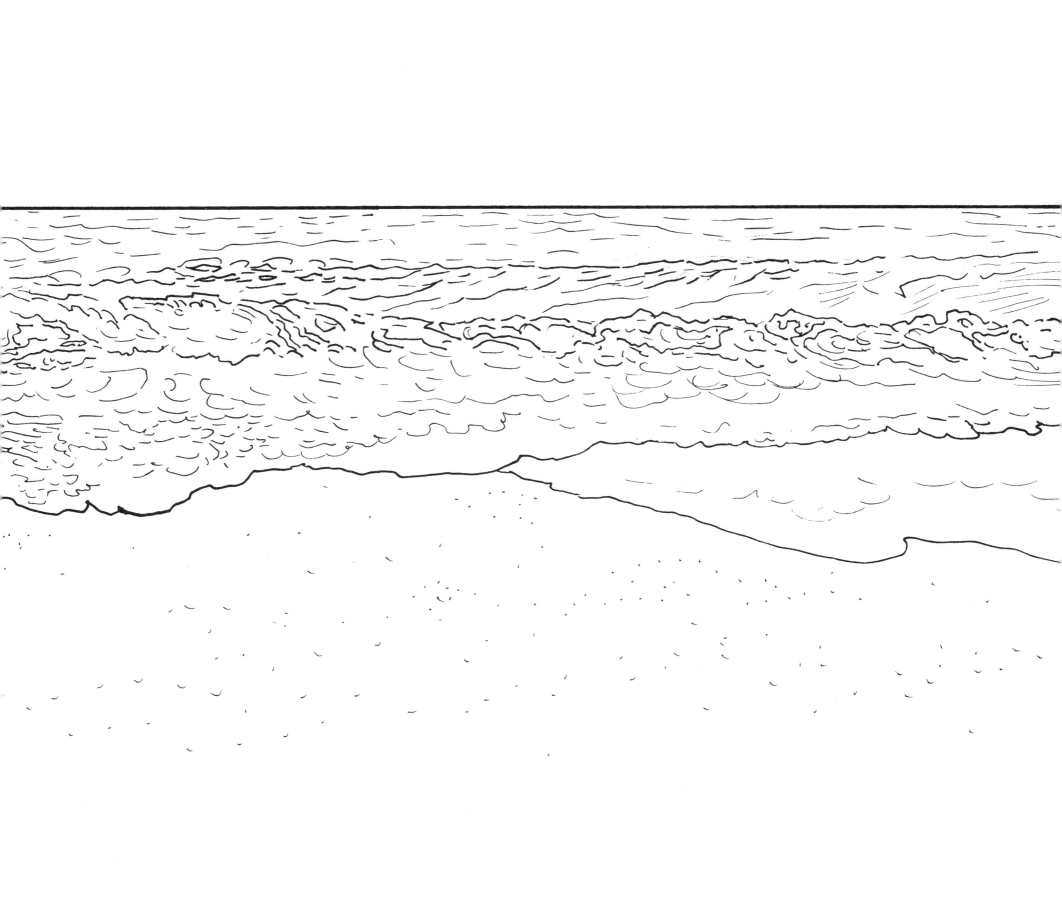

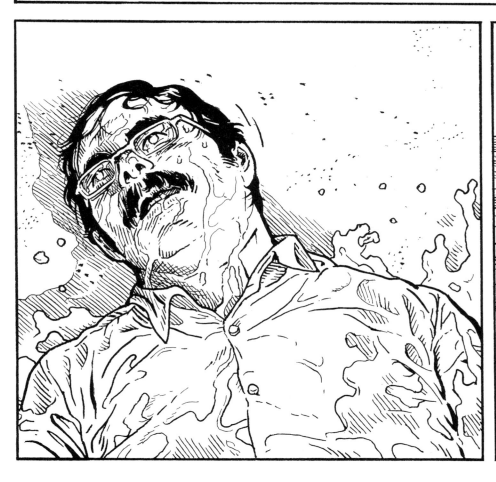

這裡是？

我怎麼會來到這？

Rainer，你認為他們有沒有想起我們？

BANG!!

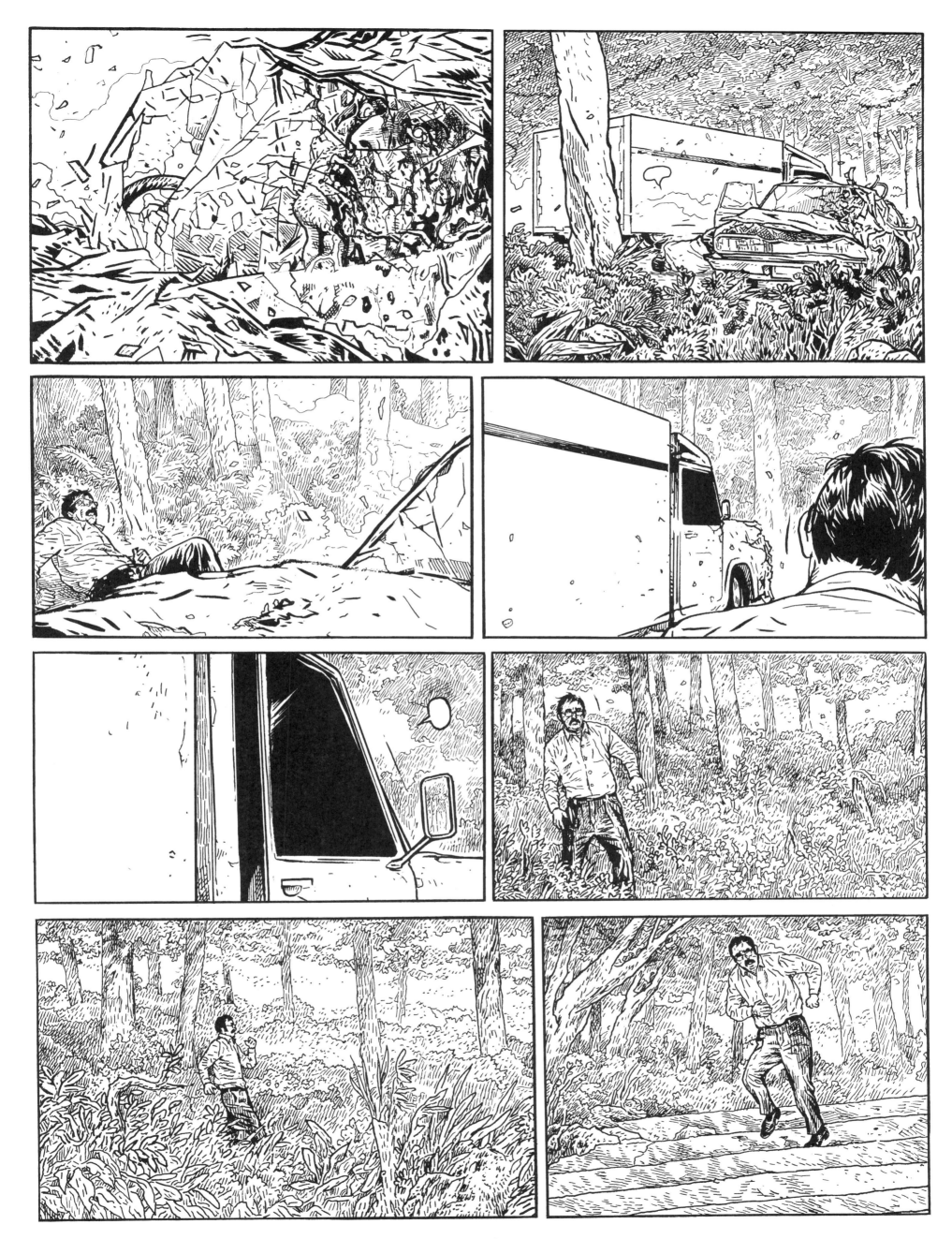

明白了，我大概已不在人間。

Werner 呢…

Werner…

來到陌生的地方
原來是這樣的。

剛收到最新
消息…

原子彈爆炸
再次發生。

今晨 11 時 02 分，近伊拉克邊境發生原子彈爆炸，這是現場的影片，我們看到的是投彈後 3 分鐘的畫面。

繼三天前的一次，這是人類史上發生第四枚原子彈爆炸。

現在還未有進一步消息…

第四枚？

咯咯　終於來了。

Werner

雖然是遲了一點，哈哈哈…

這不就是我們一直需要的儀器？

眼前的 Werner 是完全的另一個人。

他們就在上層…

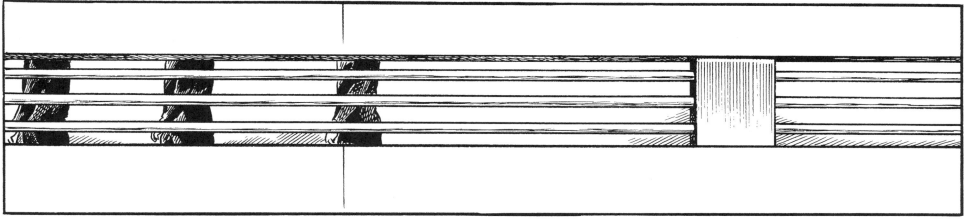

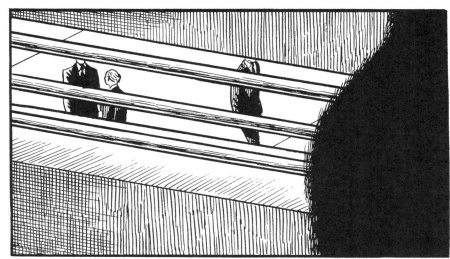

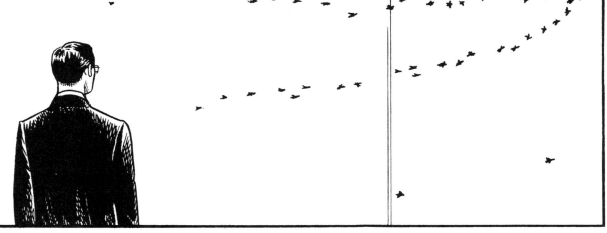

我們的工作是監修再造人的質量、
穩定性及其生命周期。

產品確實一代
超越一代，聽
命率達99%。

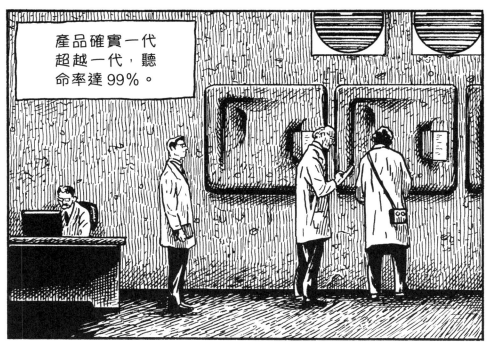

一輛汽車會不會有
自己想走的路？

Rainer，
你怎麼看？

辭掉這裡的工
作，做個真正
的科學家去？

對這「Project
Christine」感興
趣嗎？

嘿，我倒想看
看它們會怎樣
亂飆亂撞。

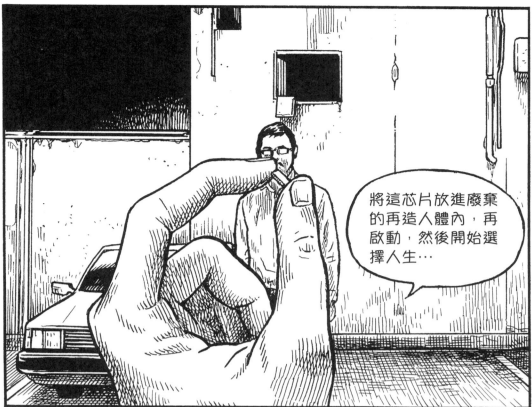

將這芯片放進廢棄的再造人體內，再啟動，然後開始選擇人生…

Werner，放輕鬆點。

Rainer，這些日子…

我經常反問自己應否進行…

若你甘心徘徊於理論層面，大可就此作罷。

既然決定了，便不能動搖。太情緒化的狀態會讓人注意。

我明白…

今次…一定可以找回他們了，哈哈哈！

17

不能相信如此簡陋的拼湊盒子⋯

黃皮膚、黑皮膚、紅草莓、紫荊花⋯

SYL1 七彩電視機，帶你踏進真世界。

有訊號？

呵…呵呵！

如此輕易！

真不能相信！
這東西居然追
蹤到他們…

一人找一
個，早餐我
不吃了！

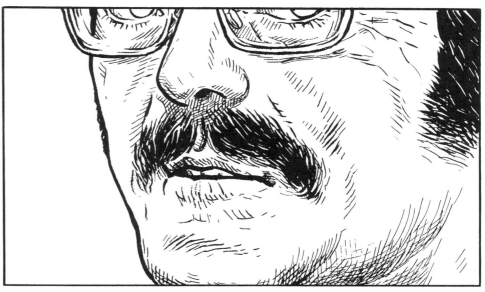

Hanna，迷進書裡面，連爸爸的電話也不接？

電話？

女兒跟你十足十，你不也經常不接我的來電哩。

對不起，感覺不到它的震動…

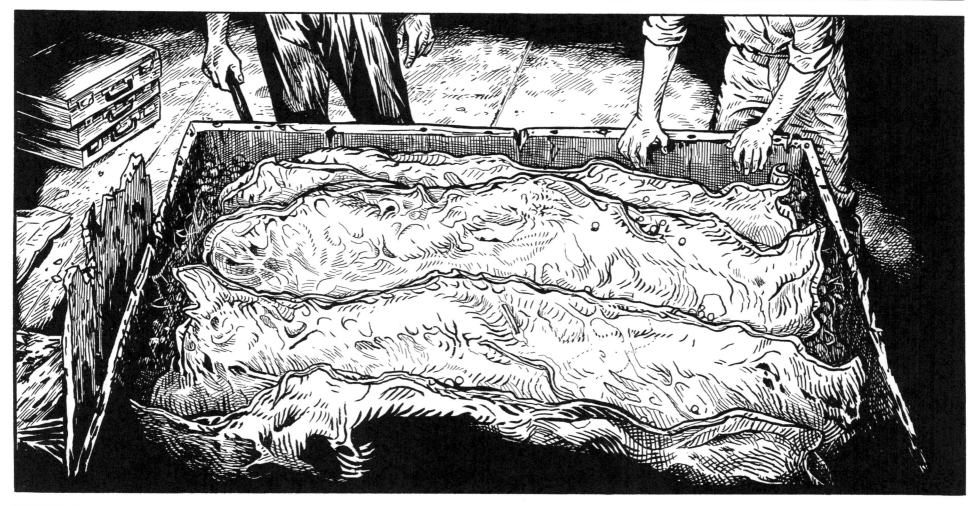

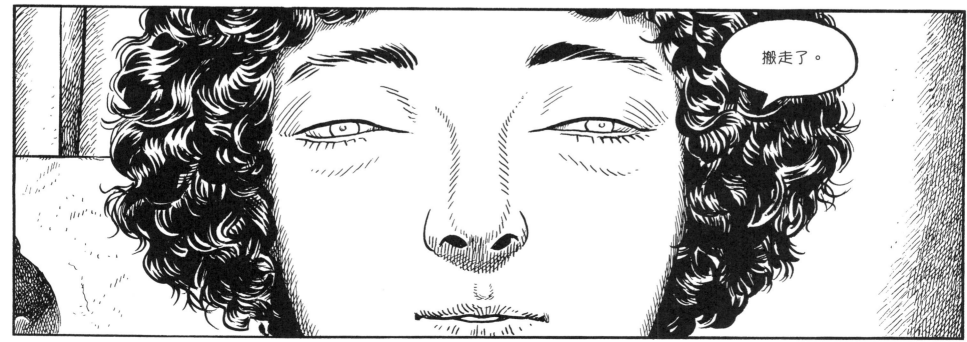

請問你認識她嗎？
她搬到哪裡？

不認識，
不知道。

咦，你是
畫畫的？

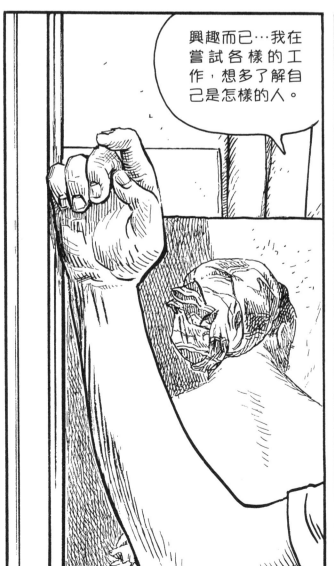

興趣而已…我在
嘗試各樣的工
作，想多了解自
己是怎樣的人。

嗯，這我
認同。

請問你搬來
多久了？

大概有半
年左右。

可有寄給
她的信？

沒有。

這是我的聯絡方法，有什麼消息煩請告訴我。

好呀。

喔…那邊有升降機，你們不考慮嗎？

先生，請你…

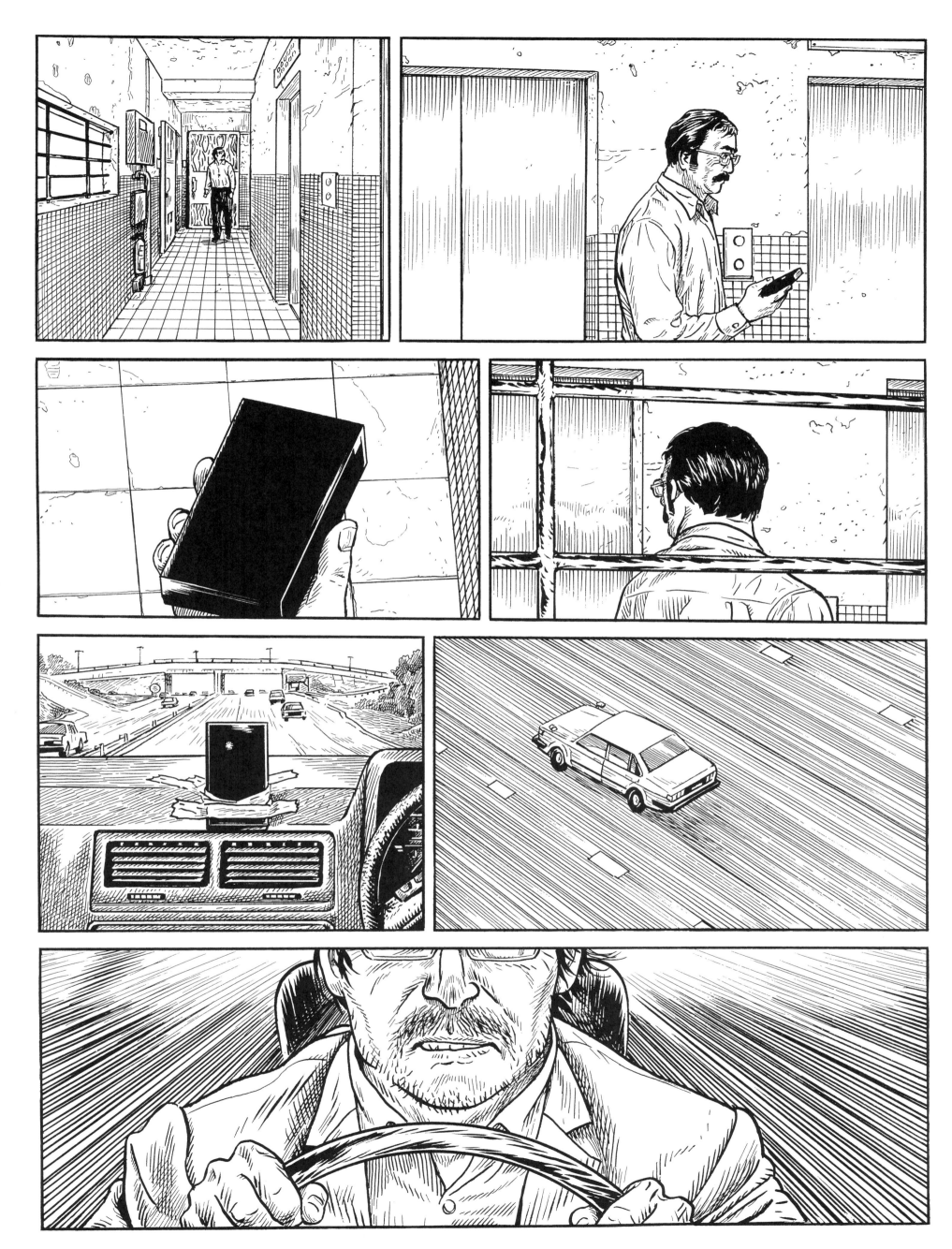

跟當年是同
一路線。

我就是把你放在
這屋前。

難道你一直
沒離開過?

Jupiter !

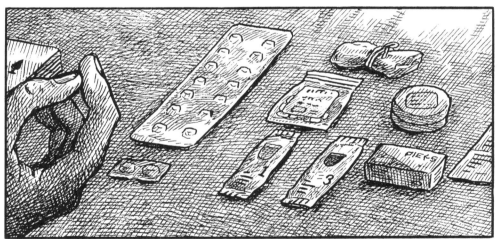

你為何不離開？

你不是自由了嗎？

可以找尋自己。

怎麼停在起點？

一切源自 W.E.Kurtz，那場戰爭沒人會忘記，他好戰殘暴的血液是我們要保留的部份。我們渴求成績，不斷提升成績。人類很多時迷戀低質的東西，這些東西幾近是醜陋、惡劣、偏離人性…跟所謂的正常有一段距離。

超越人類

挑戰人類

告別人類

繁殖 W.E.Kurtz 這樣的人造人成就了世紀大業，這 20 多年間不知已存活過多少個 Kurtz。

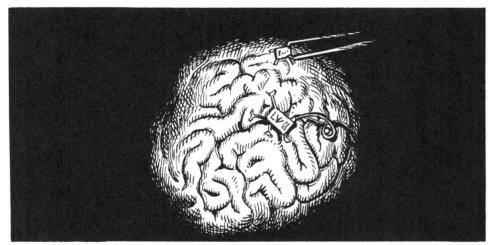
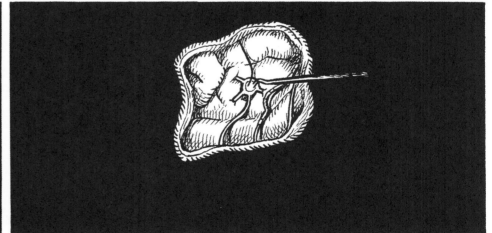

太棒了！5個同時反應過來，
幾乎是同步地連結。

自由的人，有自由的臉孔。

告別傀儡的前生。

好了，現在他們也有自己的名字。

接著得有各自不同的住處。

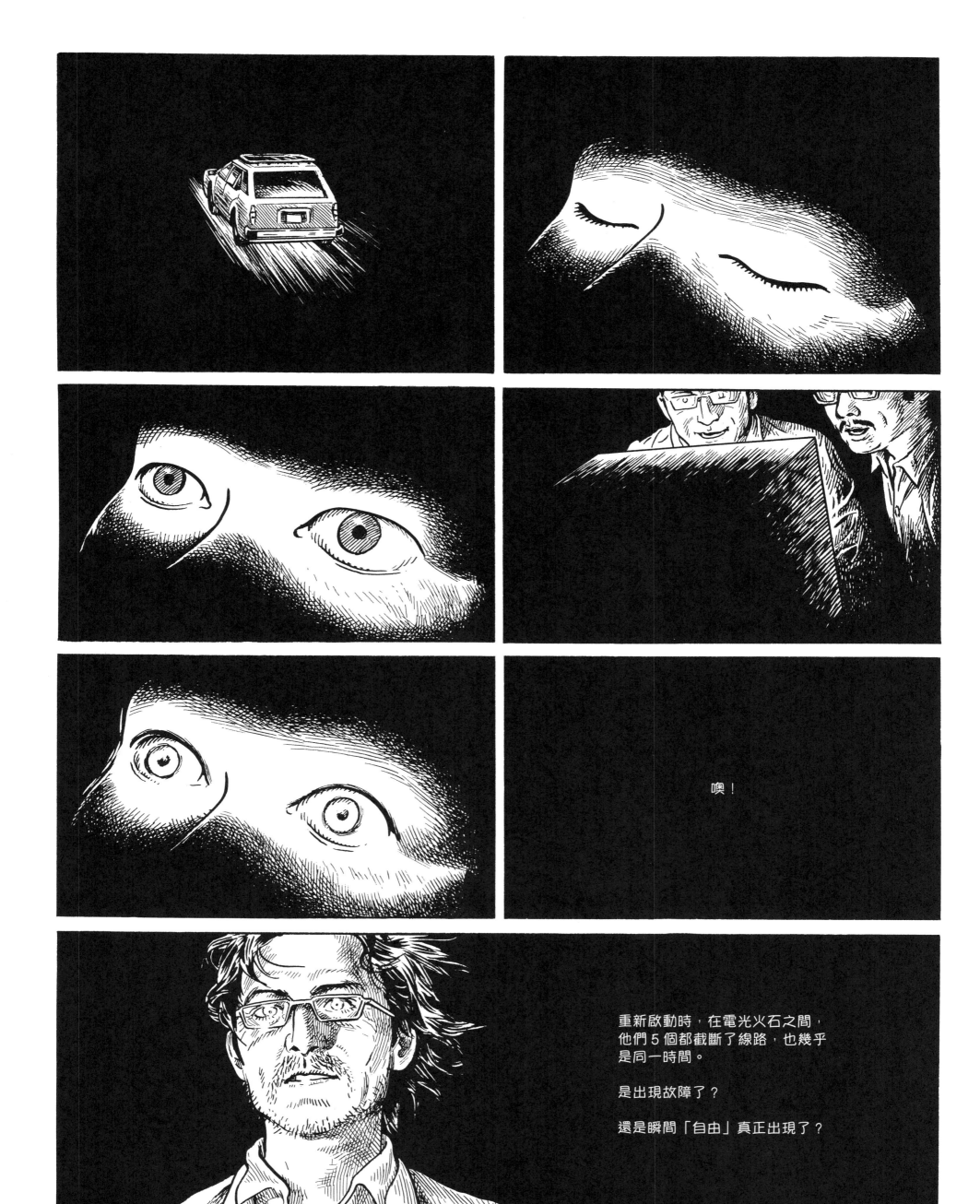

噢！

重新啟動時，在電光火石之間，
他們 5 個都截斷了線路，也幾乎
是同一時間。

是出現故障了？

還是瞬間「自由」真正出現了？

那我走回去看看。

先生，先生…

請你拿去，這季節最肥美。

24 小時內享用，味道最佳。

哦…可以吃進肚？

營養豐富，雖然味道不算怎樣。

你們就是吃這些東西？

我明白，
這就是
未來。

好好好！這裡
不歡迎外來者。

沒事了，那個人離開了！

沒有人再可以傷害我們。

他沒離開，要拐回來了！！

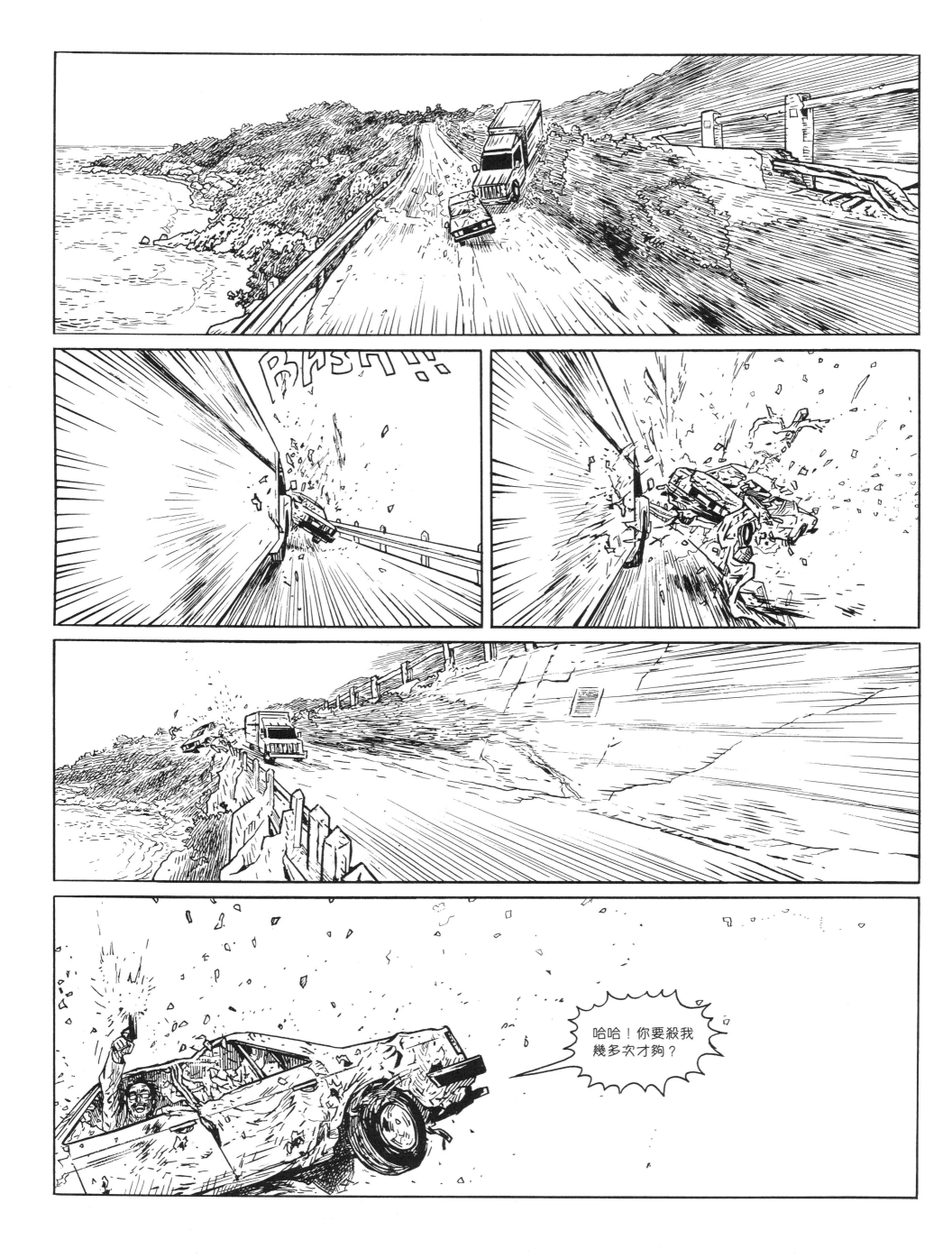

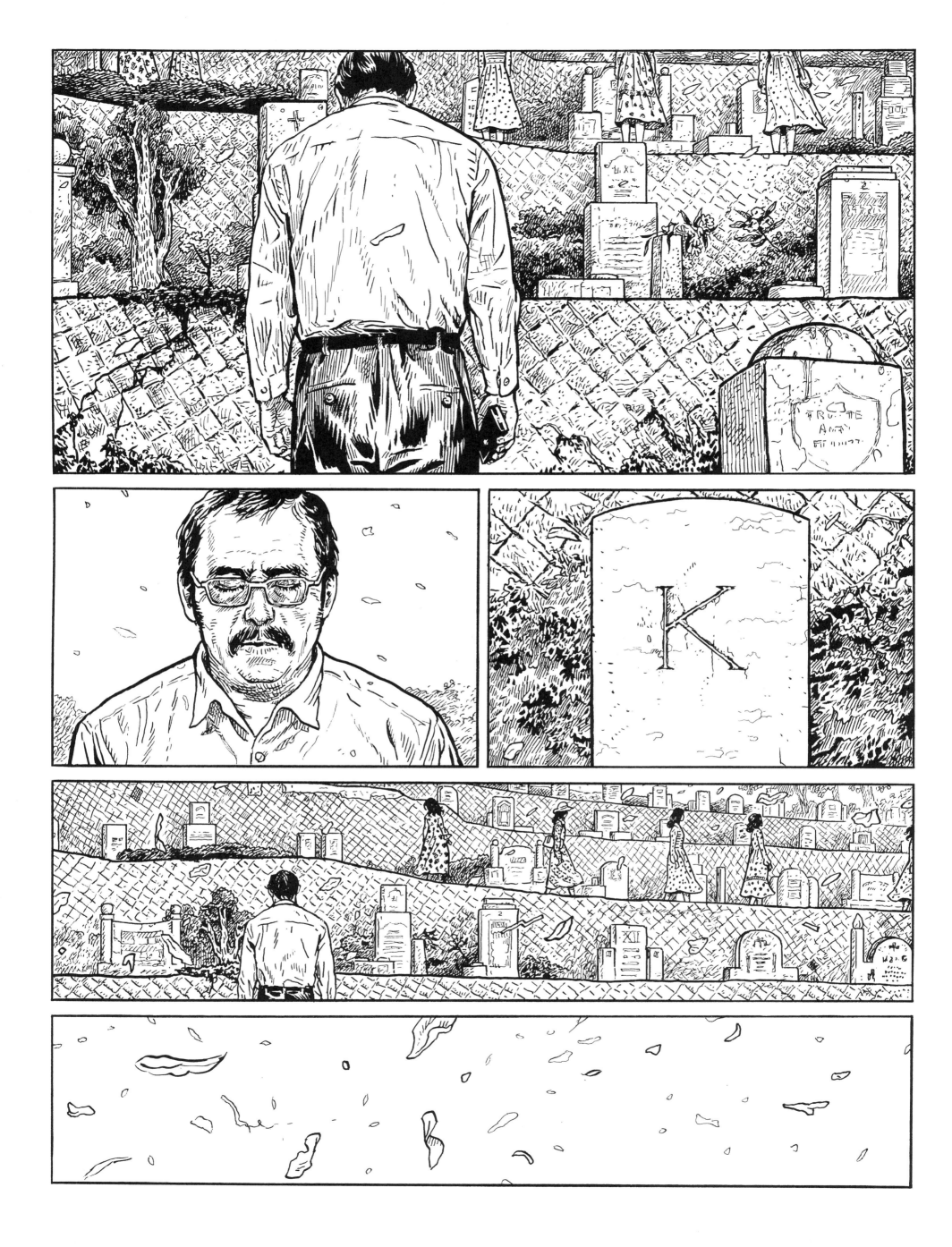

完全失敗…

火山灰已覆蓋鄰近城市…

他們會再來殺我們。

地方氣象台表示,這是自去年5月以來…

再次出現噴發過4000公尺的火山灰。當局…

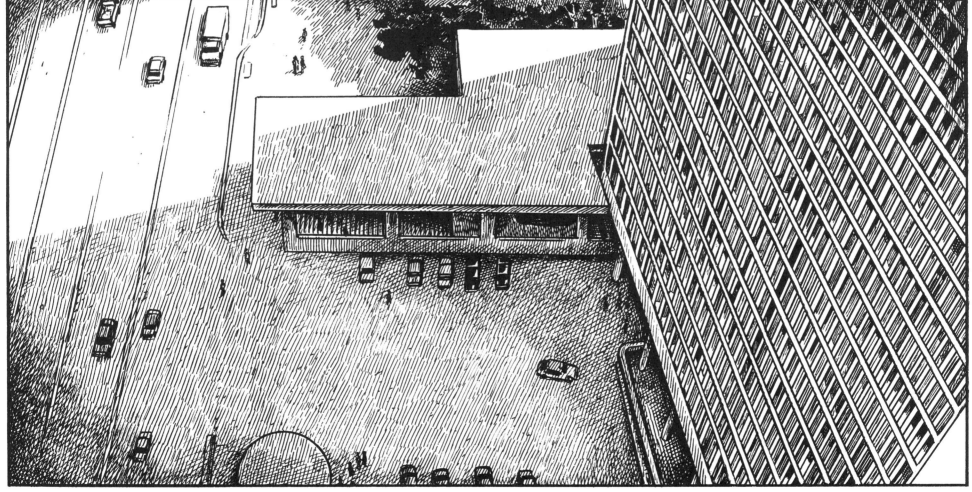

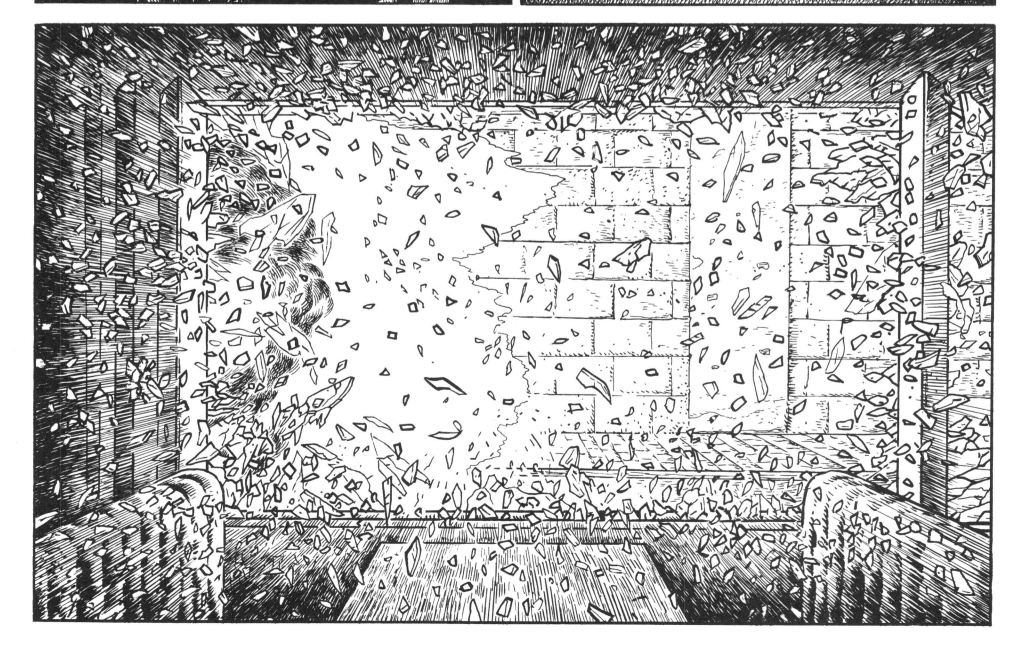

唏，何時回來的？

爸爸身體好了嗎？

還好，要多住院一星期，醫生說。

今晚有大聚會，所以回來玩。

我為什麼要跟著這個叔叔？

也許牠最明白。

我帶你認識一個人。

他學識淵博，天文地理什麼都懂。

這裡人人都敬重他，視他為我們的統帥。

我見到統帥，跟他握手。

然後他繼續向大家講話，輕鬆愉快。

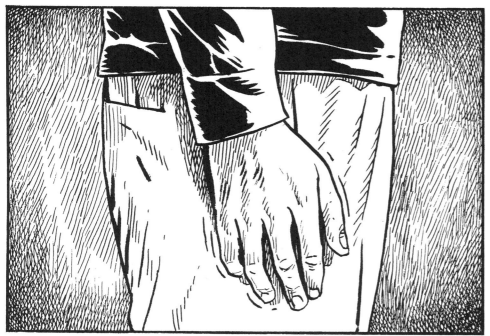

統帥是不是會發出指令？

我一直在旁等待。

你不喜歡說話？

不知道。

你不肚餓嗎？

不知道。

政府就是最大的恐怖組織。

養人來殺人。

所謂襲擊全是自導自演。

大家在看什麼?

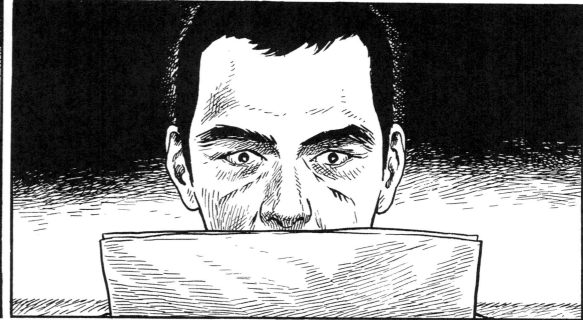

他們也許很快會追查到是我。

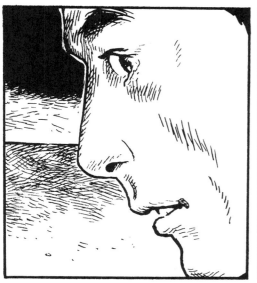

他們議論紛紛，沸沸揚揚，好吵耳。

我感到身後已聚集成千上萬的人把我圍起來。

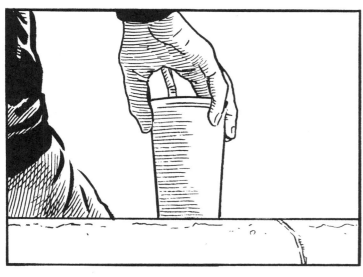

我終於跟統帥重逢了。

「火蔓延到森林前就得要撲滅掉。」
統帥如是說。

火在蔓延到森林前就得撲滅掉。這是指令，我每天都在等待，跟很久以前一樣。

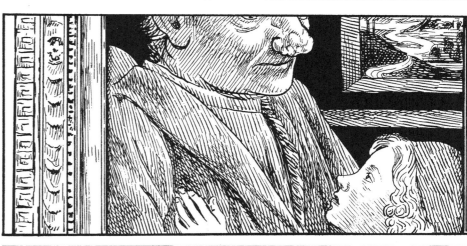

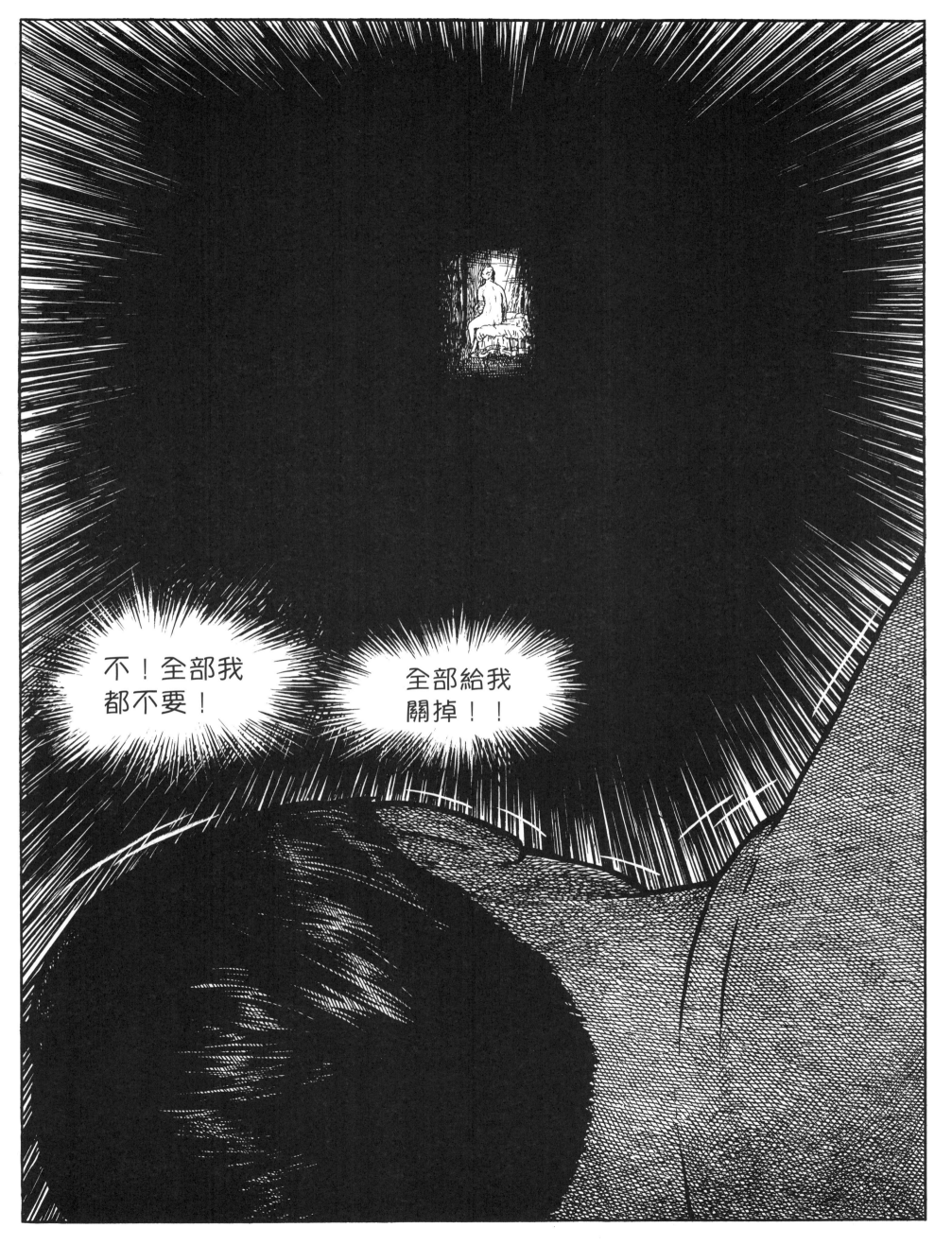

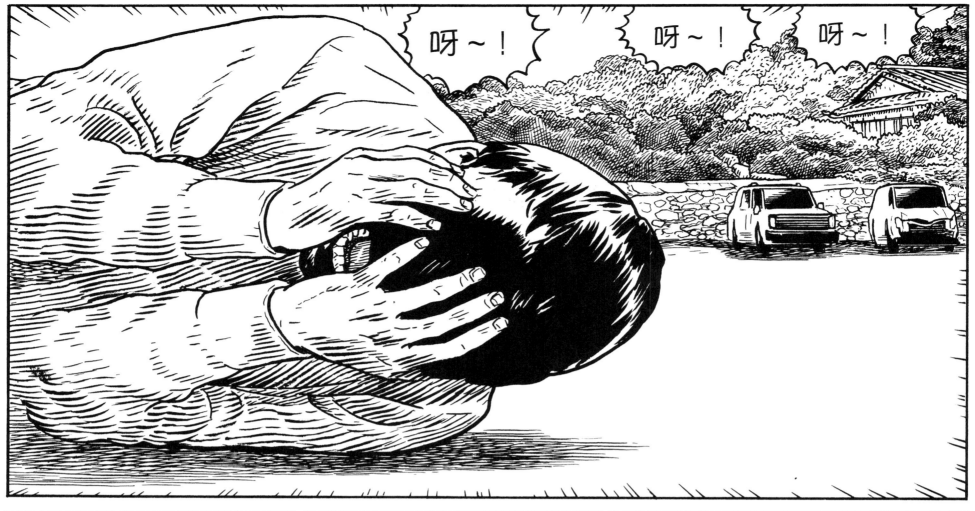

呀~！ 呀~！ 呀~！

嗯…嗯…

先生…

他不是
本地人。

精神病…

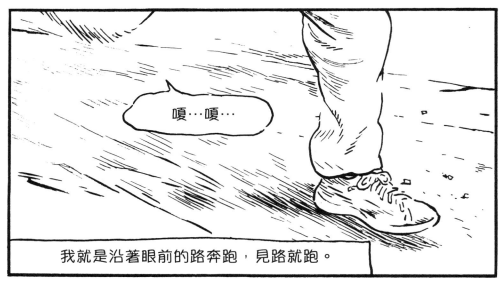

我就是沿著眼前的路奔跑，見路就跑。

Woof!
Woof!

他們仿似我的
嚮導，帶引著
我，在橫街窄
巷間穿梭。

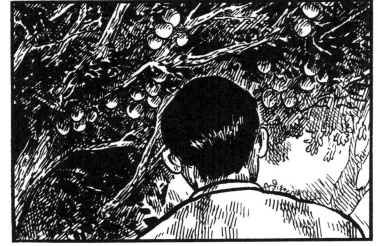

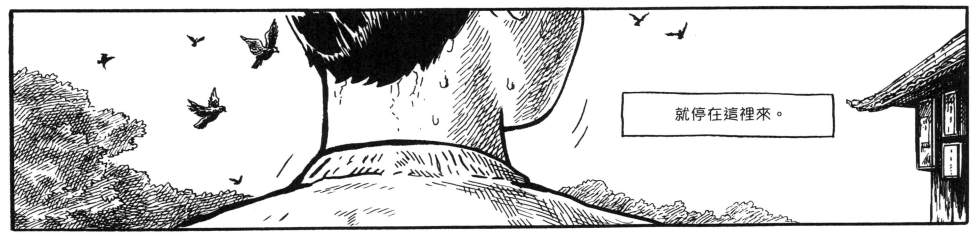

就停在這裡來。

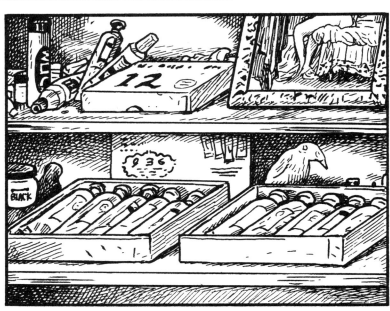

老伯並沒有過問我的身世。

只叫我幹一些
雜活。

他們在畫這盆生果。

很久沒給小朋友
上課，這裡小孩
子越來越少。

有興趣畫畫
的更少。

你也有興趣嗎？不如進去一齊畫。

嘩！好靚呀！

原來哥哥是畫家。

繪畫的經驗不淺哦，技巧掌握得十分準確。

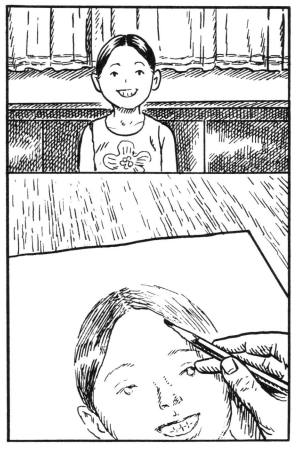

不是啊。我只是機械性把東西複印過來，出來的總是欠缺什麼的⋯

大家都在笑，開懷地笑，卻各有著不一樣的笑容，這是我見到笑容最多的日子。

我感覺到有些不對勁。

在不遠處總有一個她看著我。

這樣的處境叫我渾身不自在，心中燃起一陣陣恐懼來。

不安感擴張，最後唯有漏夜出走。

對不起，老伯…小伙伴們…

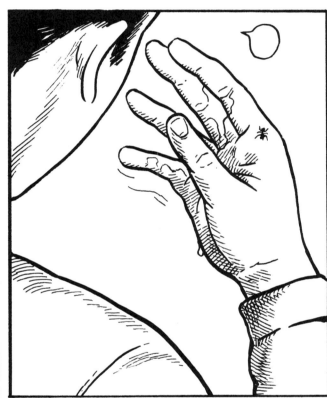

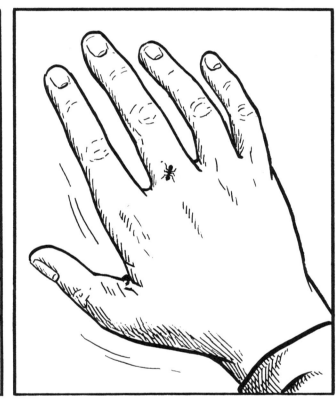

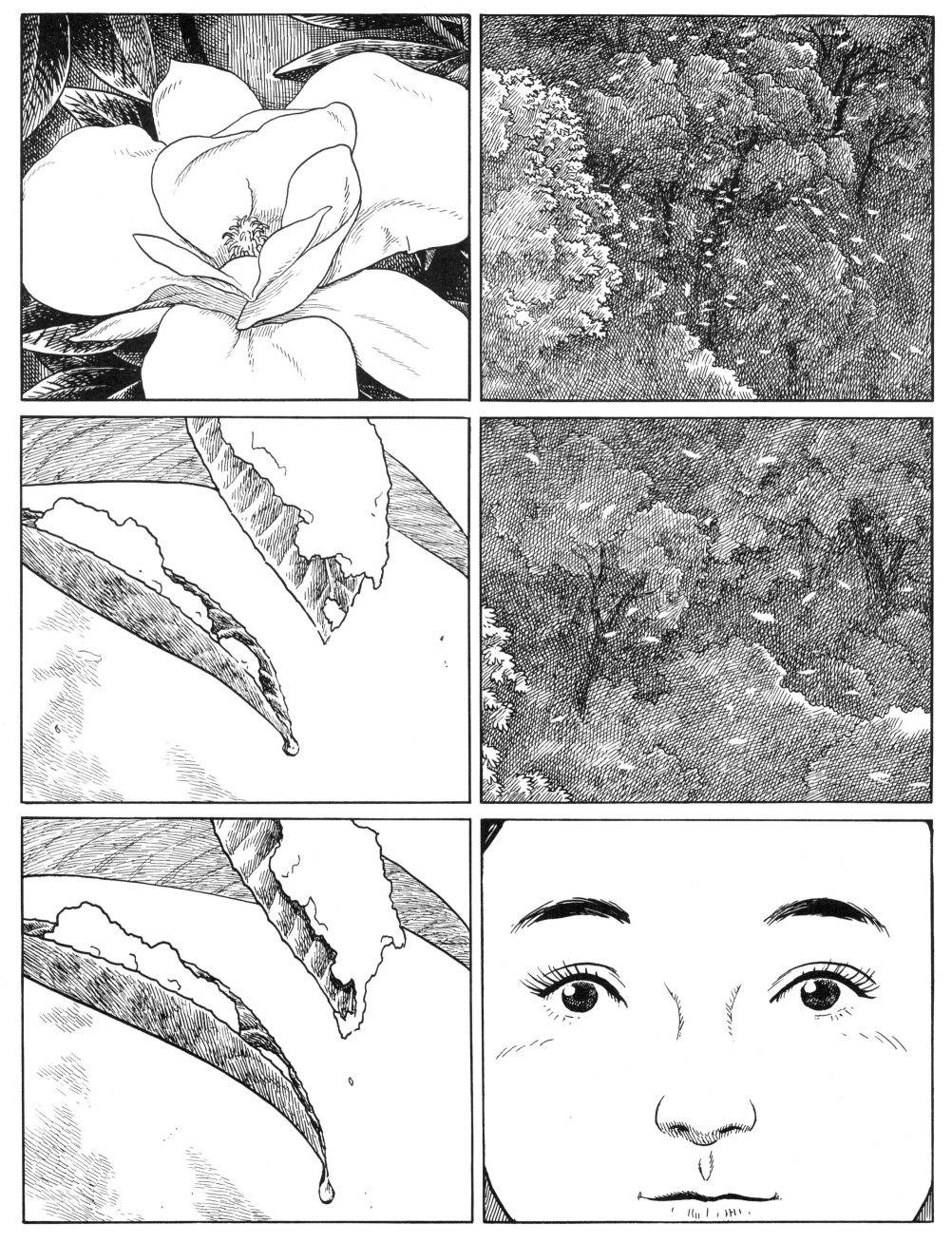

生命力。

怎能做出生命力?

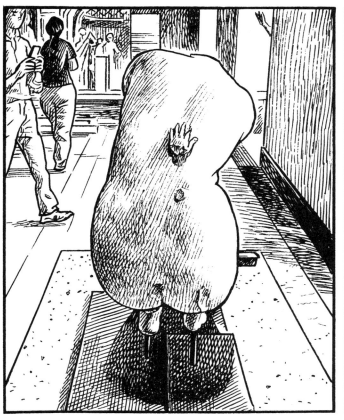

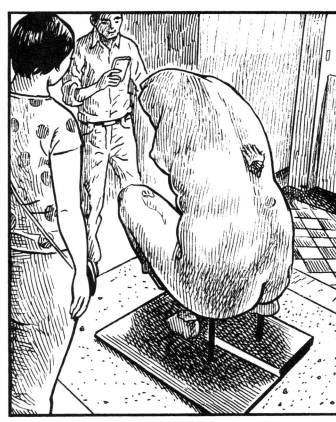

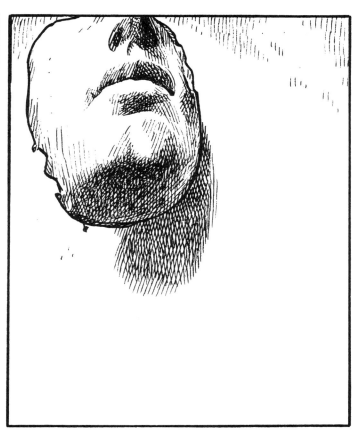

是老伯。

哪裡去了？

生命是怎樣的連繫？

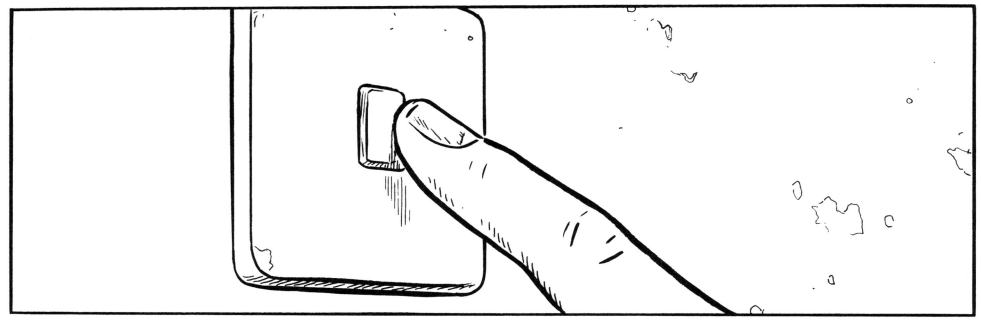

叮噹。

這是我的聯絡方法，有什麼消息，煩請告訴我。

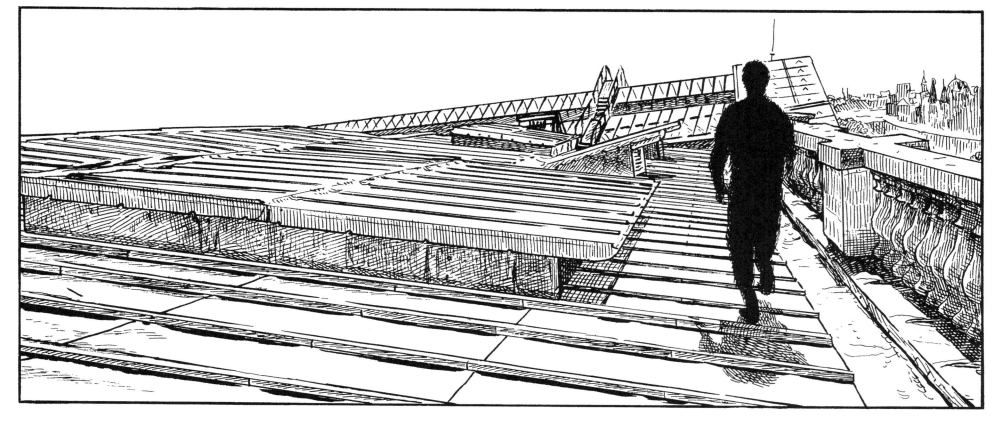

這裡就是一個星球，是我一直嚮往的新世界。外邊各式各樣的分歧、鬥爭和比較，我不用再理會。

可以讓我在這裡生活，多好啊。單是想想已經讓我感動不已，眼眶泛紅。

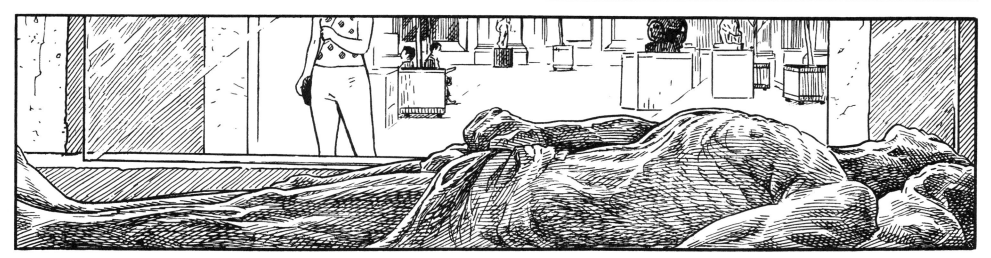

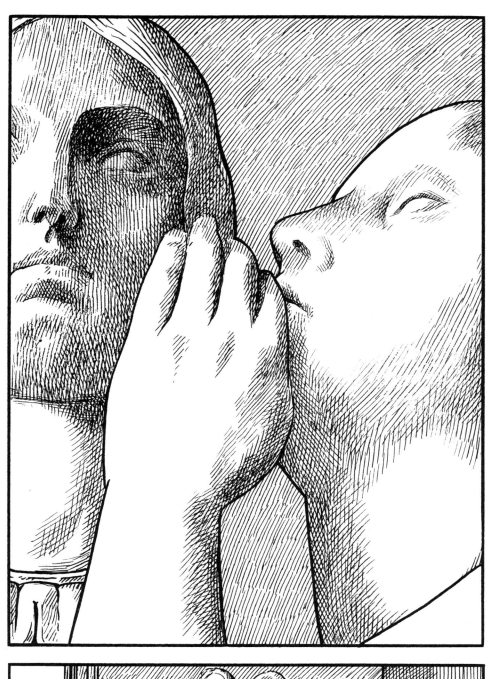

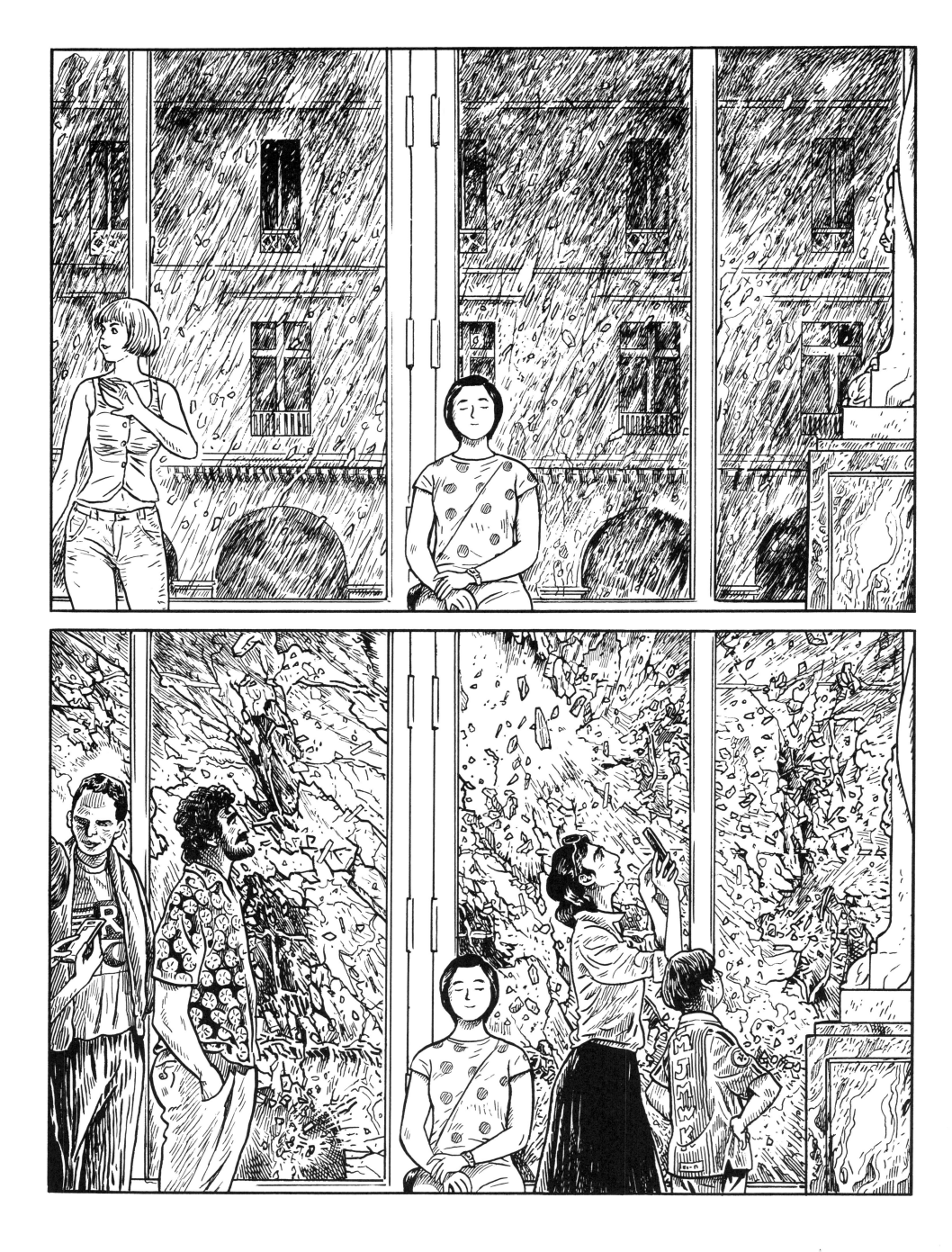

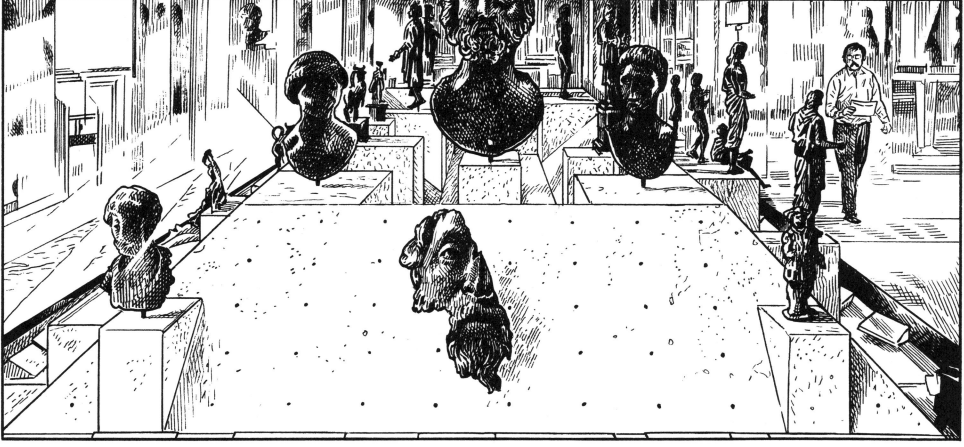

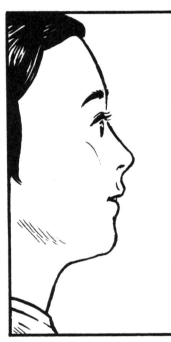

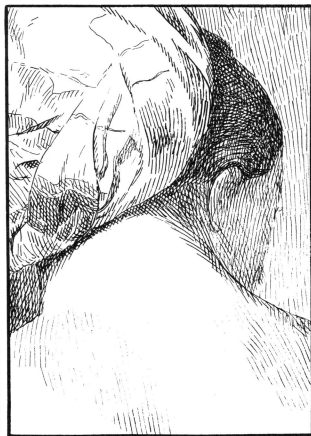

Mary，妳⋯

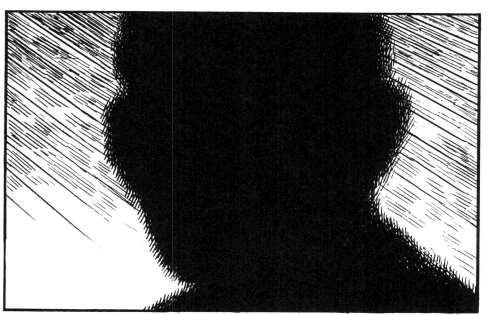

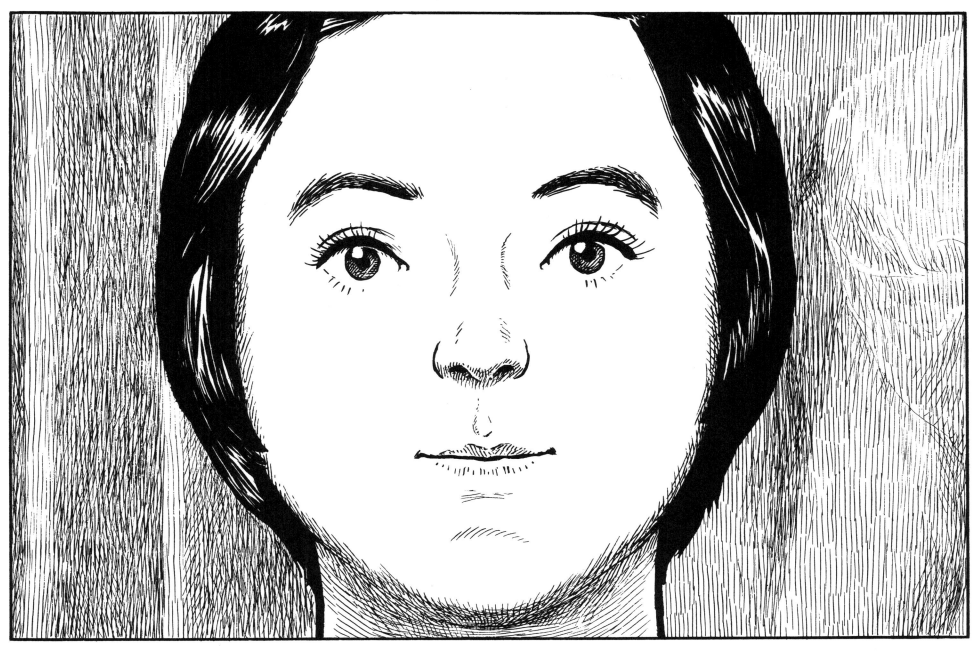

不是…成功的是妳。

妳一定好努力啊。

因為不讓黑暗蔓延

因為好想跟妳親近

因為想令時光變得清脆

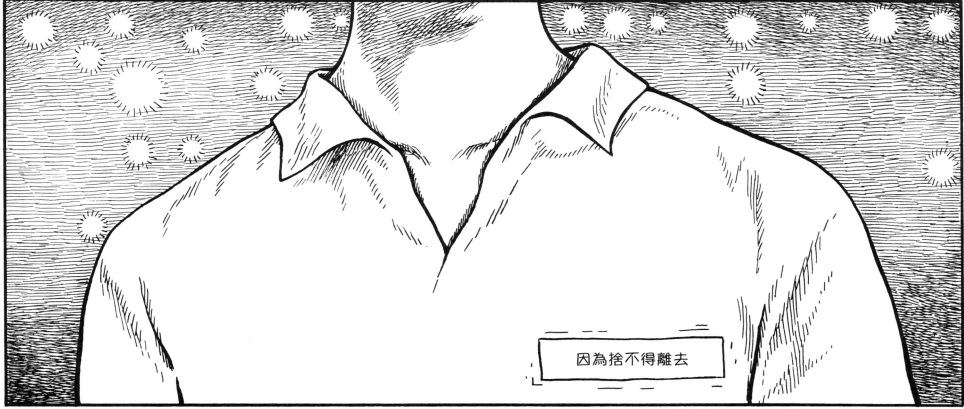

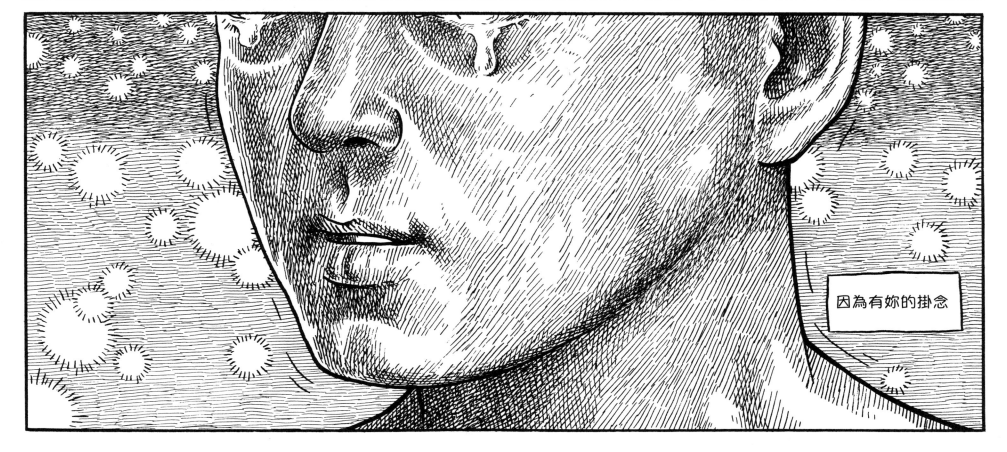

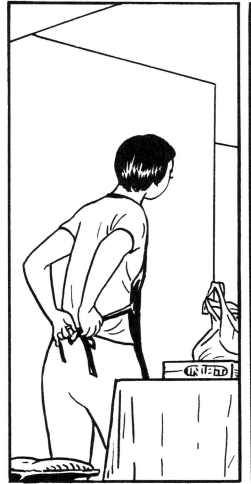

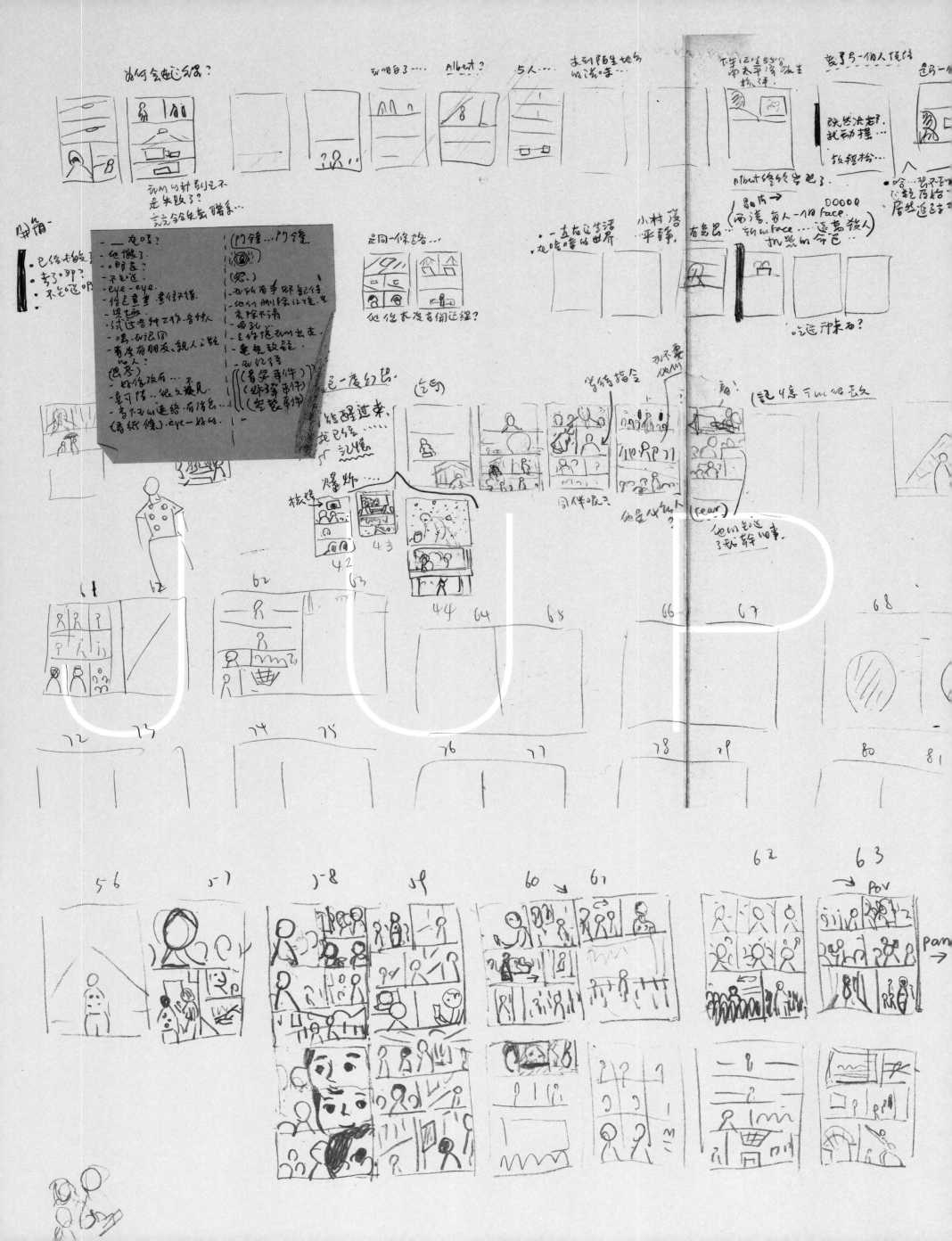

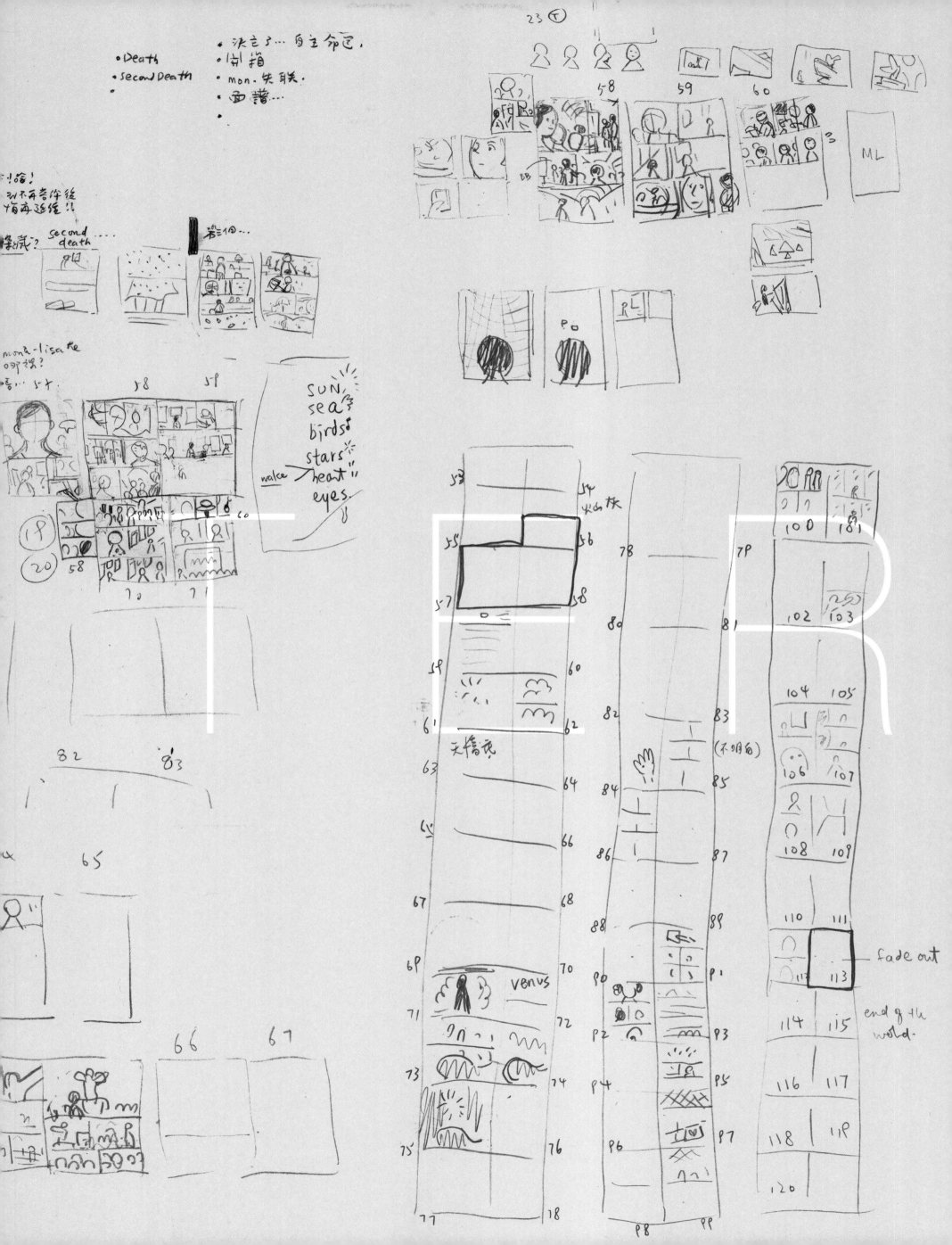

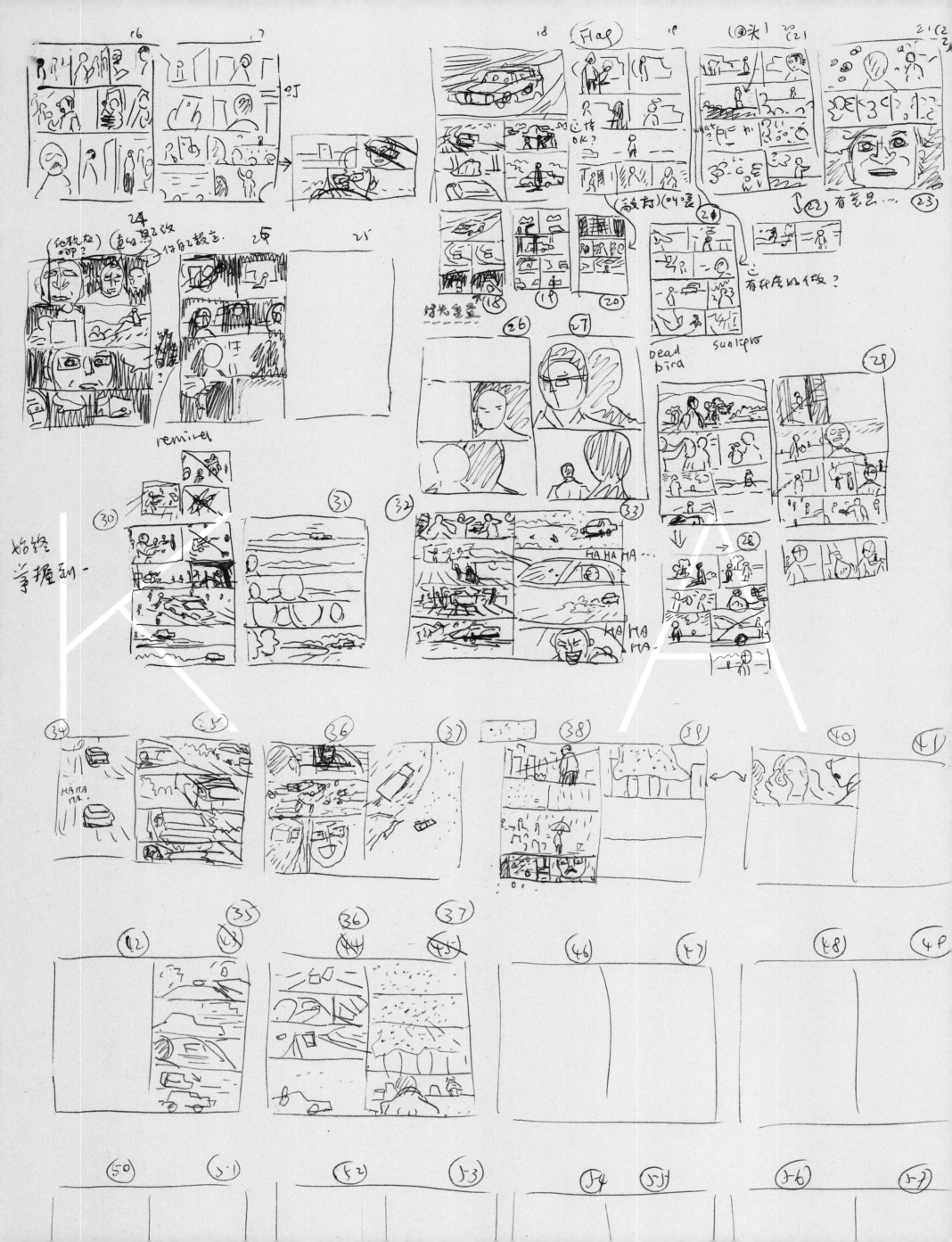

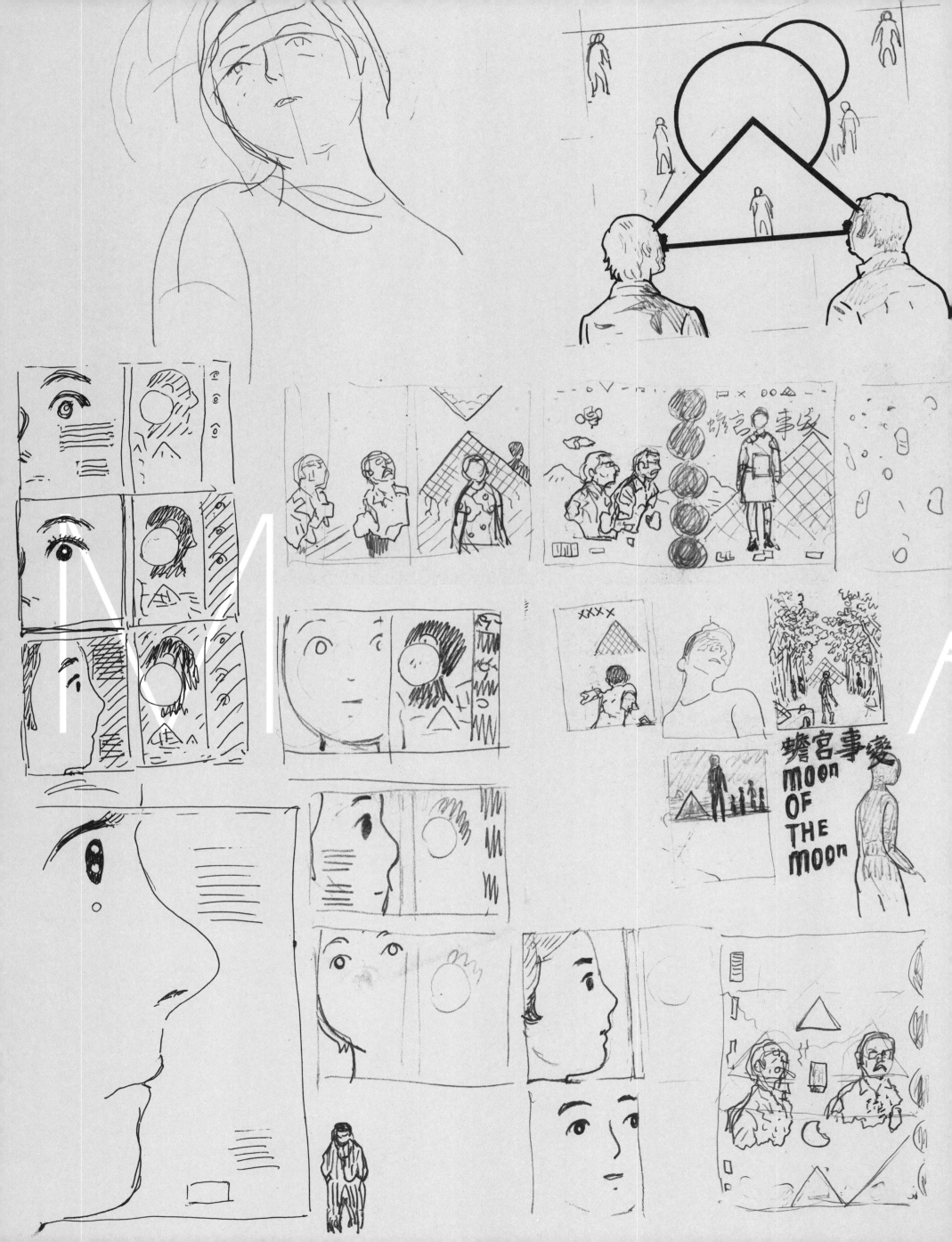

THE CUT

這是一個簡單的故事，看漫畫然後畫漫畫，有想說的故事，畫出來看看，等於做夢，一個完了然後下一個。

夢

《Moon of the moon》的開場，海浪退去，男人張開眼睛，爬起來，為什麼會在這裡，同伴呢？都不見了，失去聯繫多年，當年把他們拋棄了，一直耿耿於懷，結要解，決心展開一次追尋，最後在羅浮宮博物館相認。

漫畫

說簡單，也不簡單。故事中有好幾次蘇醒的情節。張開眼睛，隨即被宣告死亡，就是這種感覺。你剛剛提步，正想有所作為，是什麼在制止你，你說話，人家聽而不聞，前方荒野險峻，身後不見援手，延綿歲月，把你什麼意志也消磨盡，如此宿命。刪除這一切，這裡什麼地方，這些是什麼人，爬起來，跑，只可以逃跑，跑去哪，不知道。完全明白，路只有靠自己走出來，突破宿命。

跟著那頭犬跑，是不是另一場宿命。雲在飄，花盛開，風輕輕吹過，雪慢慢的溶，這是一首歌，可以把這些畫下來。太陽，海浪，鳥兒，星星，心跳和眼淚，世界與告別。又是這幅畫，The Valpinçon Bather，怎麼也刪不掉，同伴呢？如此簡陋的儀器，竟然探測到他們，全因這一句「我思君處君思我」。又是這幅畫，她就在 Musée du Louvre。

藝術

歐洲人美稱漫畫為第九藝術。只能羨慕。每一次畫漫畫，只好多分努力、多加點意思就是吧。《Moon of the moon》著墨不在藝術品，因為太出名，更不打算讓蒙羅麗莎出場，羅浮宮和 Mary 要到故事的一半才出現，這樣更顯得她的重要，佔據近半的篇幅，整整的一個世界，好讓我們在裡面遊走。2017 年到現場取採拍照，心情如同 Mary 一樣漫遊其中，拍下她行走的路線，沿路見到的展品，甚至她走過的巴黎街道。

這個版本，是心中最理想的版本，現在終於能夠把她出版，更以原尺寸印行，感謝。

故事裡投放了不少點子，電影、音樂，找到應該很有趣。

說好不讓蒙羅麗莎現身，也終現身，於比利時的羅浮宮漫畫原稿展有一個環節，邀請作者們畫出自己的蒙羅麗莎，於是將 Mary 畫成 Mary Lisa。

Moon of the moon

羅浮宮 / Musée du Louvre

館長 / Président-directeur
Jean-Luc Martinez

文化規劃及協調總監 / Directrice de la Médiation et de la Programmation culturelle
Dominique de Font-Réaulx

出版及製作助理總監 / Sous-directrice de l'Édition et de la Production
Laurence Castany

出版業務部長、文化規劃及協調理事 /
Chef du service des éditions, direction de la Médiation et de la Production culturelle
Violaine Bouvet-Lanselle

編輯 / Édition
系列總監 / Directeur de collection

羅浮宮、文化規劃及協調、出版業務部 /
Musée du Louvre, direction de la Médiation et de la Production culturelle,
service des éditions
Fabrice Douar

蟾宮事變

作者 / 繪畫：利志達

美術設計：chanWALL playground

出版：今日出版有限公司
地址：香港 柴灣 康民街 2 號 康民工業中心 1408 室
電話：(852) 3105 0332
電郵：info@todaypublications.com.hk
Facebook 關鍵字：Today Publications 今日出版

發行：泛華發行代理有限公司
地址：香港 新界 將軍澳工業村 駿昌街 7 號 2 樓
電話：(852) 2798 2220
網址：www.gccd.com.hk

印刷：新世紀印刷實業有限公司
地址：柴灣利眾街 44 號 四興隆工業大廈 13 樓 A 室
電話：(852) 2558 0119
圖書分類：漫畫 / 漫畫藝術
出版日期：2024 年 7 月
定價：港幣 580 元

ISBN 978-9-88758-679-1

策動・支持：